爆笑漫畫伊索寓言 2

沈車燮 圖／文
何莉莉 譯

新雅文化事業有限公司
www.sunya.com.hk

一看就懂的趣味伊索寓言

古希臘時代的伊索，在創作故事方面非常有才華。他創作的故事富有發人深省的人生道理，因此成為歷久不衰的經典。即使時已至今，他創作的故事依然口耳相傳，並被輯錄為《伊索寓言》。

在《伊索寓言》裏，有很多動物角色登場。伊索在這些動物身上投射了各種各樣的人物形象，借助不同動物的屬性，道出善者、惡霸、愚蠢的人、貪婪的人、騙子、狡猾的人等等的故事。

本系列《爆笑漫畫伊索寓言》選取了其中八十八個故事，每個故事以兩頁輕鬆惹笑的漫畫形式呈現。一起來通過這些喧鬧的動物小故事，探尋書中隱藏的智慧吧。也許當你們在校園生活中需要作出重要抉擇時，這些故事會有很大的幫助呢！

動物角色介紹

白鶴

用長喙吃東西，因為這個和狐狸吵架。

兔子和烏龜

雖然有時會互相競爭和打架，但他們兩個是最要好的朋友。

烏鴉

經常抵不住誘惑，比誰都渴望得到錢財。

獅子

作為森林之王，勇敢又兇猛，大多數動物都不敢反抗他。

狐狸

性格狡猾，經常欺詐其他動物，但有時候自己也會受騙。

驢子

是個想得到主人認可的淘氣鬼。

野豬

唯一能與獅子抗衡的動物。

黃狗

經常因為貪婪或傲慢而蒙受損失或做出丟臉的事。

狼

經常欺騙和欺負弱小的動物，例如小羊。

目錄

驢子喝露水

寓意

渴望得到那些本不屬於你的東西，只會令人變得不快樂。

只喝露水啊？不吃其他東西嗎？
對啊，絕對不吃別的東西。
原來是這樣簡單！謝謝你告訴我秘訣！
我也試試只喝露水維生。啊，很期待我聲音的改變呢！
只喝露水，就可以像蟬一樣優美地唱歌了。
哎喲，在聲音變好聽之前，我可能會先餓死呢……
咕嚕嚕
嗚嗚，好痛苦！一點力氣都沒有……
你生病了嗎？聲音聽起來不太好呢。
咕嚕咕嚕咕嚕

危險來臨的方向

寓意

預想與現實總是會有偏差的。

你看，他好像一隻眼睛受
傷了，所以看不見我們。
這隻鹿真是得來全
不費功夫啊。
他真的都不回頭看
一眼呢，不就是隨
便讓我來抓你嗎？
輕手輕腳
唰啦
怎麼了？
砰
哇嗚
我以為只要避開陸地上的危險
就可以了，這是怎麼回事啊？
跟我預想的不一樣呢……
嗚嗚……

披着獅皮的驢子

寓意

模仿跟自己完全不像的人，只會貽笑大方。

一看到我就嚇得渾身
發抖了吧？嘻嘻～
求……求你放我一命吧……
哦？他們倆看到我也
會嚇得往回跑吧？
嗚嗷！我是獅子，我要馬上
把你們這羣傢伙抓起來吃掉！
再饒我一次吧！
等等，咦？
這聲音好熟悉，
好像在哪裏
聽過呢？
可惡！快把這鬃毛
脫下來，聲音是
偽裝不了的。
快停手！
你以為披上皮毛就
成為了獅子嗎？做點適合
你自己身分的事吧！
嚇死我了！

交了損友的驢子

寓意

人只和同類人合得來。

不聽使喚的呢，
這樣不行！
吊兒郎當

快點馬上跟我走！
為什麼？

這隻驢子我要退貨，
我真的是沒眼光。
為什麼呢？
他看起來很壯實、
很正常呢。

路上他只顧跟朋友玩耍，看來他只跟
那些既懶惰又散漫的驢合得來！那他
自己肯定也好不到哪裏去。

一看就知道他是
好吃懶做的笨驢！
你已經不是
我的主人
了，憑什麼
訓斥我？

笨驢和小狗

寓意

不是所有人都一樣的，所以一定要知道自己的分寸。

笨驢，你吃錯東西了吧？
給我老實點！
是我跳得不夠活潑嗎？
要跳得再興奮點才行。
太危險了，你
為什麼要這樣？
主人，你也
抱抱我吧。
搖晃搖晃
蹦跳 蹦跳
啊，
失平衡！
啊
砰
你今天死定了！
對不起！我錯了！
砰
你今晚沒飯吃，
自己好好反省吧！
原來不是模仿
小狗，就能得到
寵愛的呢……

驢子馱鹽

寓意

過分耍心計，自以為聰明，自己也可能因為這些詭計而變得狼狽。

又來了？
哎喲，對不起，地上太滑了，所以……

驢子啊，之前摔倒一次後就學會耍詭計。可惡，你等着瞧……

今天的行李特別輕呢？是心理作用嗎？
撲騰
讓我來測試一下。
嘻！

哦？好奇怪啊，下水後怎麼行李反而變重了呢？
因為今天讓你背的不是鹽，是棉花啊！
抖動
抖動

哈哈，自己耍詭計，終於自作自受了，可憐的驢子！
閉嘴！
顫抖

不相干的事

寓意

衣食住行的考量是比其他任何事情都來得重要。

他們要我背的行李會變多嗎？
跟平常的差不多吧。
如果都是要背一樣份量的行李……
那就怎樣？
誰當我的主人，對我來說不都一樣？
哼，挺聰明呢！
那我把你背的行李量減一半，你跟我一起逃亡吧！
嗯，好的！你要一諾千金啊！
踏踏踏踏
呼呼，這樣輕鬆多了。

囂張的馬

寓意

領袖身分很讓人羨慕，但是他們也相對承擔更多危險。

一場大戰以後，全身都傷痕累累了。
你看他滿身是傷呢，其中一隻眼睛都瞎了。
駕！
我使不上力氣了，只能淪為拉車的馬了。
你不是那匹很神氣的馬嗎？為什麼現在一隻眼睛瞎了，還在這裏拉馬車呢？
原來當戰馬打仗會落得如此下場，你真可憐啊……

主人啊，我的處境確實比他好很多呢。
你知道就好。
我曾是多麼受敬仰的馬……你們別忘了我的英姿啊！
難過

掉在井裏的狐狸

寓意

在開始行動之前，應該先想清楚後果。

多虧了你，我現在也不渴了，心情也變好了呢，謝謝你！
客氣什麼，我也很開心呢！

放鬆完了，該是時候回家了吧？

狐狸啊，怎麼辦啊？這井太深了，我上不去呢。
山羊啊，別擔心！
你站在井邊，先把我推上去，然後我再把你拉上來。
好的，你快踩着我的肩膀上去吧。

嘿喲！
狐狸啊，現在拉我上去吧！

你下去的時候，就應該先想好怎樣上來的，不是嗎？
喂！你！

你以為我真的會就這樣走掉嗎？快上來吧。
謝謝你……

山羊的詭計

寓意
使計傷害別人的話，自己也會受到懲罰。

驢子，你怎麼突然
不舒服了？
我的腿好像
受傷了！
我絕對不是
故意摔倒的。

哼，驢子很快就會因
為沒用而被拋棄的。
真的嗎？

腿傷得太嚴重了，
一定要多吃營養豐
富的食物才可以
康復。

那要吃什麼？
無論是什麼
食物我都會
找回來，把
他治好的！

如果能吃山羊肺
的話，一定能
馬上康復的！
山羊？

山羊啊！你過來，
我需要你的肺！
不應該是
這樣的！
踏踏踏踏

寡婦和母雞

寓意

如果總是貪婪地想獲取更多，會連已經擁有的部分都失去。

你真值得人疼愛呢……對了，如果我再給你多一點飼料的話，應該可以一天下兩個雞蛋吧？這樣我們就可以慢慢成為富翁了。

我為你準備了最高級的飼料呢！
唉，好飽啊，飼料太多了。

你怎麼四天才下一個蛋呢？我給你的飼料明明比平時還多呢！你還吃不夠嗎？

我要親自餵你吃才可以嗎？哼，太麻煩了。
嗚嗚……

母雞為什麼下不了蛋了呢？我想早點成為富翁呢……
我的錢全都用來買飼料了……

主人……請你扶我起來吧！

貓和母雞

寓意

無論壞人怎麼假裝正直，真正的智者都是不會上當的。

哎喲，母雞啊！
我是醫生呢，剛好
在村裏行醫呢。
我可以免費幫你
做檢查，如果你不
舒服的話，就讓我
幫你看看吧。
那傢伙是誰啊？一看
就知道是騙子呢。
只要你這個騙子
別在這裏胡鬧，
我就能好了。
你怎麼能說這麼
傷人的話呢……

兔子和獵狗

寓意

窮途末路時，弱者也會變強。

啊！
砰
我對你太失望了……
怎麼可以連那麼小的
兔子都抓不到呢？
噠
主人，這話聽起來太傷人了，
我不過是追趕兔子而已……
而兔子是在逃命呢！我們
的目的是不一樣的，你不
可能不明白吧。
呼，活
下來了。
好吧，那麼下次你也
拼上性命去追吧。
……
今晚沒飯吃！

豬和羊羣

寓意

任何人在有生命危險的時候，都很容易失去理智。

不要！救我啊！
不就是被抓了一下腿嗎，有什麼好大呼小叫的？
哈哈，真是個膽小鬼！
豬長得這麼壯也沒什麼用啊。
牧羊人想從你們身上得到的不過是羊毛而已，但你們知道他想從我身上得到什麼嗎？
是肉啊！
為什麼讓我這麼累……
我是素食者呢。
原來是這樣，他想要的是肉呢。
嗯……
不要！討厭，討厭！
我們不知道呢。
嗚嗚

狼和羔羊

寓意

如果不專注於眼前的事，是不能把事情做好的。

跳舞的時候要有音樂呢，狼大人請你幫我吹奏笛子吧！

嗶嗶
沒問題。
跟着笛聲跳起舞來~

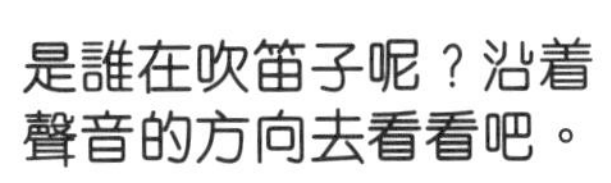
是誰在吹笛子呢？沿着聲音的方向去看看吧。

嗶嗶
哦，來了！

你這無所事事的狼，把小羊帶到這裏，是想要什麼詭計啊？
砰
哎呀
砰

原來他讓我吹奏笛子，是想引來牧羊人。啊，被他捉弄了！
你受驚了吧？

來自經驗的好處

寓意

有智慧的人克服過一次危機之後，就會一直保持警戒，不再重複犯錯。

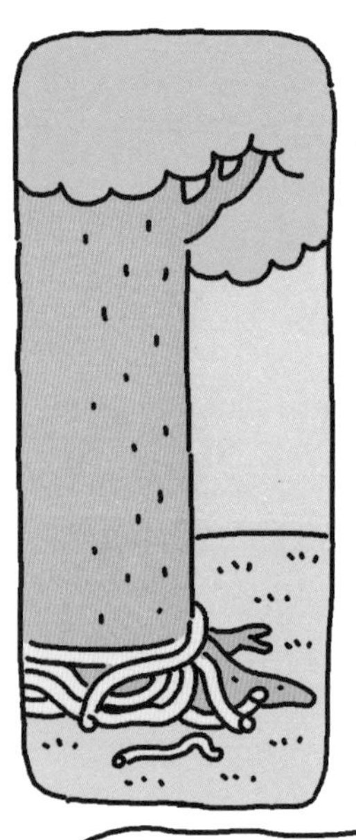

呼，嚇死我了，差點就死了！從現在開始不能放鬆警惕。
抖抖抖
好好待着！我會再來的！
已經一個月了吧？他現在一定長滿肉了呢！

黃狗啊，我按約定時間回來了。現在是你成為我糧食的絕好時機呢！
哼，你是在開玩笑嗎？

我以後再也不會離開屋頂的了。怎麼樣？上當了吧？
嗚嗚嗚嗚~
氣死人了！
撲通
啊？

嘮叨客

寓意
不要做任何會讓人指指點點的事。

你看看，肯定是走路不看前面！
還不會游泳，你爸媽一定勸你
很多次，讓你學會游泳了吧。
噠噠

爺爺，我知道了，求你……
把拐杖伸過來一點吧……

請先把我救上來再
罵我吧，爺爺！
掙扎
掙扎
…
別怕，我
來救你！

差點出大事了！你可以
先把他從水裏救上來，
再開始嘮叨啊！
我怎麼有力氣
救他呢……
呼，活下來
了……

夠了。

鴿子羣裏的烏鴉

寓意
人一定要懂得知足常樂。

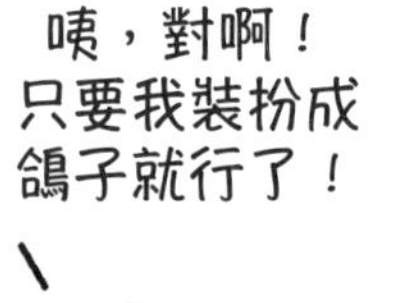

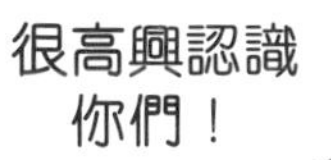

鴿子來我們這裏做什麼？你再不離開的話，我們就開始攻擊了，快滾！

愛模仿的猴子

寓意

草率地去做不懂的事，不僅不會得到利益，反而會吃虧。

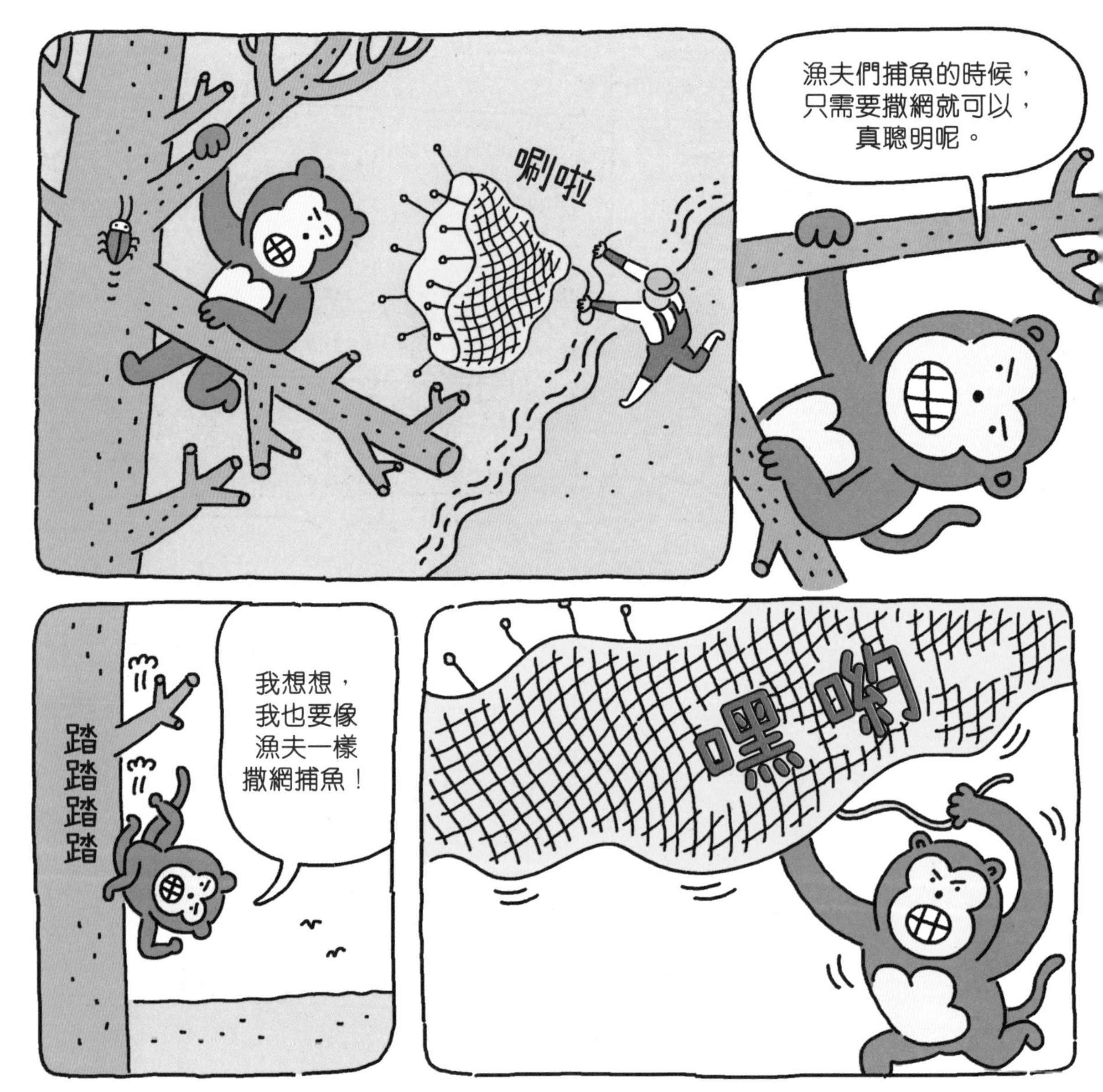

呃啊，怎麼回事啊！
啊，
危險啊！
搖晃

救命啊！
撲通

我被漁網纏住了，
完全游不動呢。
撲騰撲騰
都怪我連撒網的方法都不
知道，就去模仿漁夫……

早知道應該先學會怎麼用
魚網！結果就這樣死去
了……再見了，下輩子我
一定要做謹慎的人……

你為什麼要碰這麼危
險的漁網呢？不過遇到
我們也算你走運了。
嗚嗚，
謝謝你們！

闖入森林的海蟹

寓意

如果拋棄自己的本職工作，非要做與自己不匹配的事情，結果註定失敗。

咻
哎喲，你是誰啊？厲害！看起來很結實呢。
不要，快放開我！
應該怎麼煮才好？
好餓啊，烤着吃應該很美味吧。
我該怎麼辦啊？還妄想在森林裏生活呢……
真是太後悔了。啊，我好想念大海啊！
你為什麼這麼激動啊？
我要回到大海！
不要！
這隻蟹是誰啊？
我看他在森林裏徘徊，就把他送回來了。路上小心啊！
踏踏踏

燈

寓意

不能因為一刻的受歡迎，就驕傲自滿。

什麼？這有什麼值得炫耀的？來感受一下風的厲害呢。
你為什麼用這種眼神看我？是在妒忌我嗎？
可笑！
呼～
呃啊！
唉，我再給你點火吧。
燈啊，說話前先慎重思考一下吧。星星的光芒雖然弱，但是他們從不會熄滅呢。
山頂的風景真好啊！
……
看看，星星們多明亮啊！

蘆葦和橄欖樹

寓意
有時候，你必須學會向強者屈服。

砰
橄欖樹被風連根
拔起，太可怕了！
驚慌失措
呃呃！沒想到堅硬的我
居然也被這陣風吹倒了！
蘆葦啊，為什麼風這麼大，
你們卻沒有被吹斷呢？
你在刮風的時候，
一直強硬抵擋，所
以才會被拔斷的。
我們只是懂得不和
風對抗，該低頭時
就低頭而已。
原來是這
樣……

螃蟹和可惡的蛇

寓意

故意挑釁朋友，傷了感情，便很難再挽回。

這裏不錯啊。能在天氣變冷之前找到這個洞穴，太幸運了。
這個洞穴很好啊，我也很喜歡。

但是，他的身體怎麼這麼長啊。

那個……我覺得有點不方便，你可不可以稍微把身體縮起來啊？

我才不要呢，我覺得現在這樣躺，很舒服呢。
你這條自私的蛇！這裏是共享空間啊！

鉗

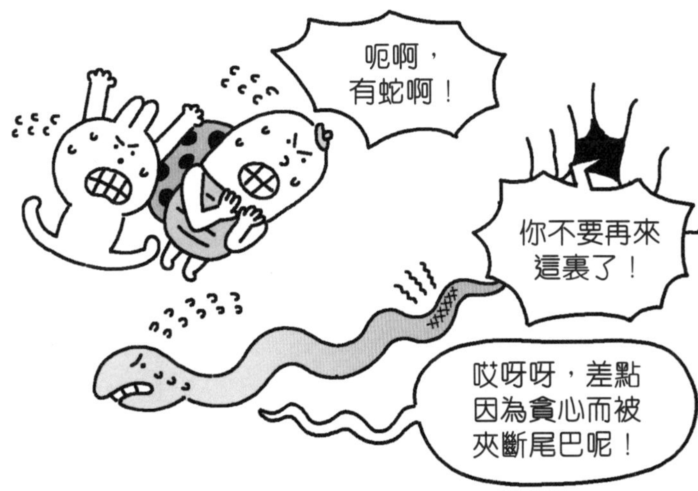
呃啊，有蛇啊！
你不要再來這裏了！
哎呀呀，差點因為貪心而被夾斷尾巴呢！

青蛙的作戰方式

寓意

需要齊心協力的時候，光嘴上吵鬧是沒用的。

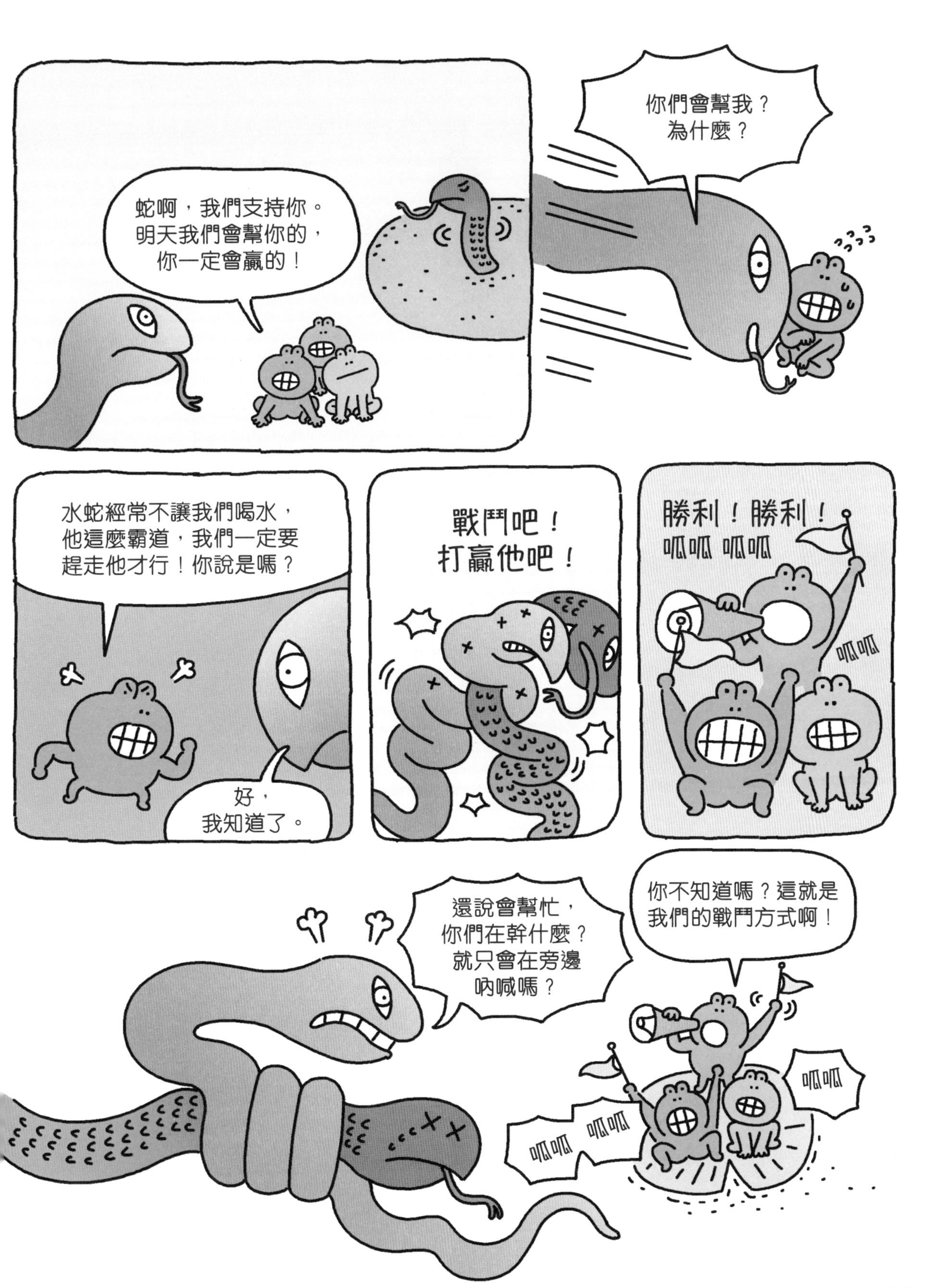
蛇啊，我們支持你。
明天我們會幫你的，
你一定會贏的！
你們會幫我？
為什麼？
水蛇經常不讓我們喝水，
他這麼霸道，我們一定要
趕走他才行！你說是嗎？
好，
我知道了。
戰鬥吧！
打贏他吧！
勝利！勝利！
呱呱 呱呱
呱呱
還說會幫忙，
你們在幹什麼？
就只會在旁邊
吶喊嗎？
你不知道嗎？這就是
我們的戰鬥方式啊！
呱呱
呱呱
呱呱

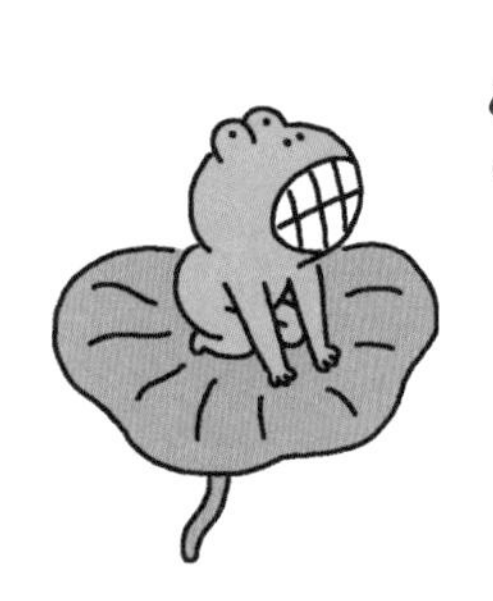

得到國王的青蛙

寓意

一個愚蠢善良的領導人，比一個動武的領導人好。

砰
哦，是一位很巨大的大王啊！

我們不需要木頭作大王，請換一位大王給我們吧！
不要蠢鈍不動的大王！
呱呱 呱呱
呱呱 呱呱
要更厲害的大王！

咻咻
哎，吵死了！你去命令他們安靜點吧！
呱呱
呱呱 呱呱
呱呱
呱呱 呱呱

嘩，是蛇大王啊！神終於幫我們實現願望了！

哼，你們這羣只會動嘴巴的傢伙！再出一聲，我就把你們全吞進肚子裏。
嗚，好的……

金斧頭和銀斧頭

寓意

好人自有好報，惡人自有惡報。

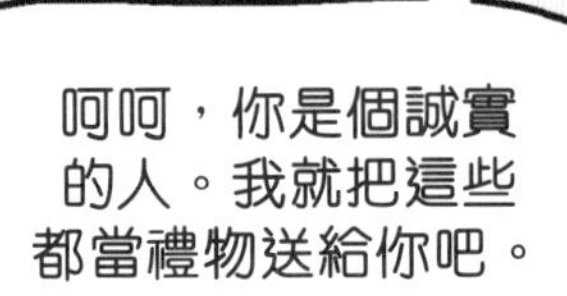

竟然能從神仙那裏收
到這麼貴重的禮物，
真開心啊！
是福報呢！
竊竊
私語
哦，所以……
是嗎？那我
知道了。

哎喲！我不小心把斧頭丟進池塘
裏了。哎呀，怎麼辦呢？
噗通

呵呵，這是怎麼回事啊？
這把金斧頭是你的嗎？
是的！

哎喲，我真笨，
剛剛把銀斧頭也不
小心丟進去了！
請幫我把那把斧頭
也找上來吧！

金髮太太！你難道不知道說謊是不對的嗎？
我連一把鐵斧頭也不會給你的，趕緊滾！

兩個朋友

寓意

朋友之間，如果不能互相分享的話，是不可能成為盟友的。

狐狸啊，你把話說清楚！你不是說斧頭是你的嗎？怎麼能說「我們」糟糕了呢？
白鶴呀，我們是朋友。現在開始這是屬於我們的了，不行嗎？
嗚
救命啊！
你這小偷！
抖抖抖抖
貪心的傢伙！
因為貪心，連好朋友都失去了，嗚嗚！
偷東西是不好的，不要再犯同樣的錯了！
白鶴啊，原諒我吧……

北風和太陽

寓意

溫和地說服別人，明顯比強迫更有效。

呼
怎麼突然這麼大風啊？一定要抓緊衣服啊！

你為什麼把衣領抓得更緊了？
我的雪糕啊……

呵呵，現在輪到我了吧？

濟州島的天氣真是變幻莫測啊……突然又變得很熱呢！
好可惜啊。

不可以！
哎呀，好熱啊！要把衣服脫掉才行呢。

呵呵
你贏了！
好的，謝謝你！
不要緊，我再給你買雪糕吧。

櫸樹和遊子

寓意

有時候做好事，也未必會得到別人的認可。

你們說什麼？說夠了嗎？
你們坐在我的樹蔭下乘涼，居然還敢說我沒用？
你們真的不懂感恩呢！
你們才是世界上最沒有用的東西呢！
嗚嗚，我們先走吧。
難堪
快點離開吧，他說的話一點都沒有錯呢，真令人尷尬啊！
我收回剛剛說的話

寓意

當做了錯誤選擇之後，怪責別人也是沒有用的。

哎呀，哎呀，
哎呀！好痛啊！
白鶴，我該怎麼辦啊！全身都被刺插滿了，我看來要死了！
傷得嚴重嗎？有流血嗎？
荊棘啊，你是故意的嗎？我為了不摔倒才抓住你的，你是故意把刺突出來的吧？
你真是無理取鬧！你一開始就不應該抓住我呢。
我一直都長着刺，誰過來都一樣呢。你自己判斷錯誤，為什麼還要怪責別人？
唉，別說了。誰讓我抓住的剛好是荊棘呢……
忍耐一下吧，我幫你拔出來。

貓和老鼠

寓意
如果你聰明的話，就不會被敵人偽裝的假象所矇騙。

哼，你們這些可惡的傢伙……
有了！我裝死的話，你們肯定
會出來吧？
……
咳咳！哎喲，
我要死了！
呃啊
喂，貓啊！
你就一直躺着吧。就算
你變成植物，我們也絕
對不會出去的！
不出去！
還以為他們是黃毛小子呢，
什麼時候變得這麼聰明了？
唉，早知道我就
偷偷潛進來把他們
全抓住吧……
之前老鼠們太胡鬧了，
現在都變安靜了，真好。

狼和老太婆

寓意

我們身邊總有言行不一的人。

孩子啊！
嗯？

萬一狼出現的話，我們就合力把
他丟進鐵鍋裏吧，知道了嗎？

剛才說要把孩子扔給我，
現在又說把我丟進鐵鍋裏？
輕手輕腳
嘩，這是
濟州島的傳統
民居啊！
拍一張紀念
照片吧！

為什麼要說一套做一套
呢？真討厭這種人！
慢走。

我太笨了！
你說什麼？

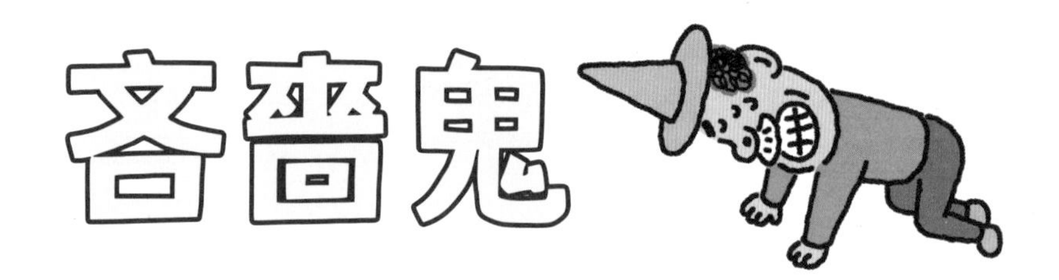

吝嗇鬼

寓意

如果只存錢，而不花錢，是沒有意義的。

呃啊啊，我的錢
不見了！
空～

我存了一輩子的
錢，一分都還沒
花過呢！嗚，我
的錢啊！
啊，真的嗎？

那你把石頭放進去也一樣啊，
反正你也只是藏着而已。

大叔在瞪我呢，
你為什麼要這樣
諷刺他呢？
怎麼了？我
說得不對嗎？
你說什麼呀？

沒錯，你說得對。光藏着
不用的話，錢跟石頭確實
是沒有區別的呢，嗚……
咻

想飛的烏龜

寓意

不聽別人勸告，衝動、魯莽行事，是會吃大虧的。

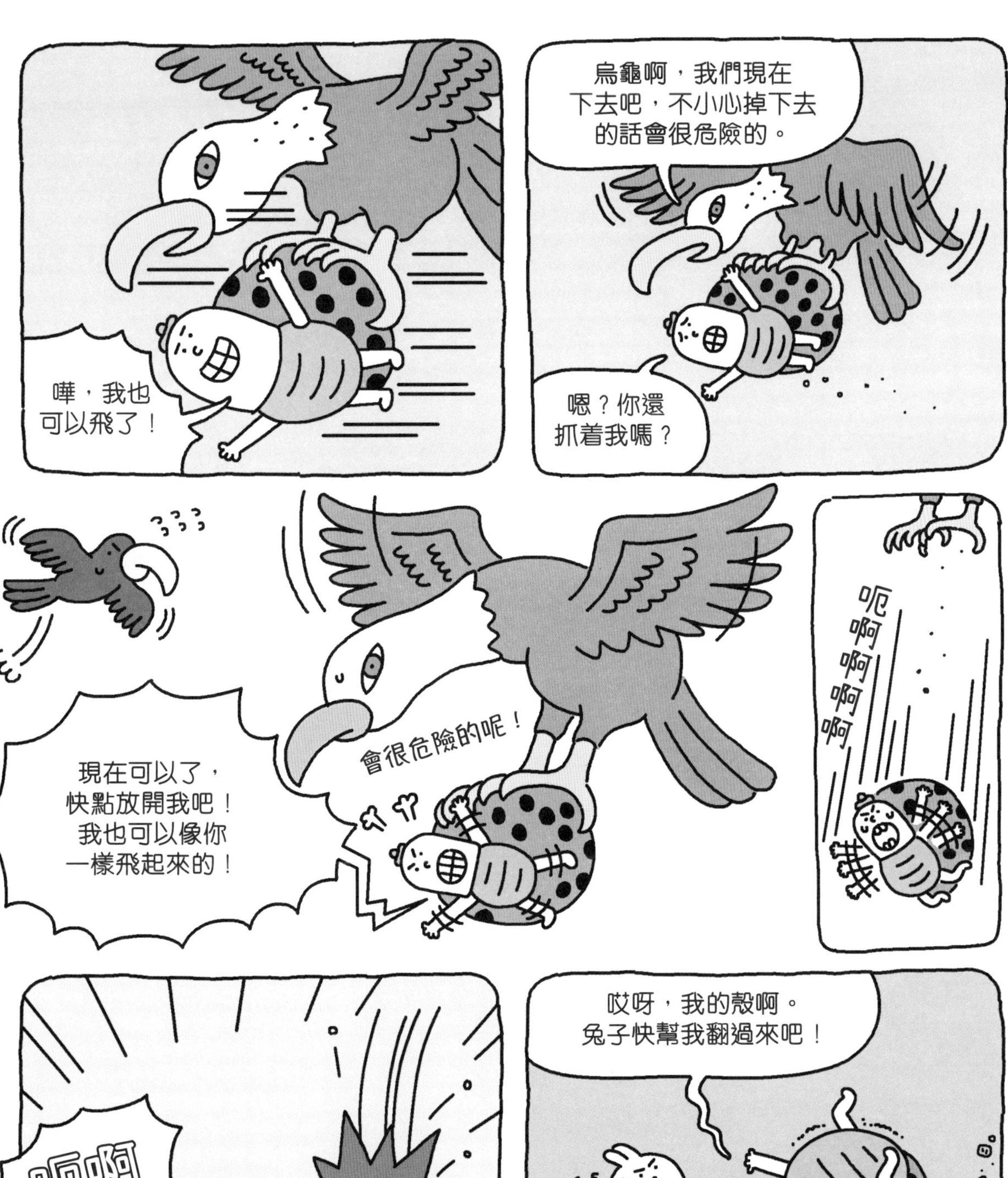
嘩，我也
可以飛了！
烏龜啊，我們現在
下去吧，不小心掉下去
的話會很危險的。
嗯？你還
抓着我嗎？
現在可以了，
快點放開我吧！
我也可以像你
一樣飛起來的！
會很危險的呢！
呃啊啊啊啊

呃啊
哎呀，我的殼啊。
兔子快幫我翻過來吧！
哎喲，如果再從高點
掉下來，你就出大事了。

熊和兩位旅人

寓意

當你有難時，能幫助你的朋友，都稱得上是真朋友。

哼，兔子你真是沒有義氣啊。你怎麼可以踩着朋友爬到樹上呢……
烏龜啊，快逃跑！
呃啊
太遲了，我先裝死吧……

哦？熊跟烏龜在說什麼悄悄話呢？
你快起來！什麼呀，被嚇死了？

算了，還是走吧。
逃過一劫！

烏龜啊，沒事吧？熊跟你說什麼了？他怎麼會就這樣走掉呢？
哼，你想知道？

他說不要跟你這種有危險時，只知道自己逃命的人做朋友！
對，對不起……我確實是百口莫辯。

馬和馬夫

寓意

貪心的人會用似是而非的話，誘騙或搶走別人的東西。

我還會給你梳毛，
梳一梳就很好看啦！
怎麼樣？舒服嗎？
主人，你真的想
我變好看嗎？
當然啦！我一直很
用心照顧你呢！
真的想我變好看，
就不要賣掉那些大麥啊！
把心裏話說出來
真痛快啊！
你為什麼
這樣對我？
想變得
健康又好看的
話，首先當然
得吃得好。
對不起，
我不會再這樣了！
我只原諒你
這一次哦。

野豬、馬和獵人

寓意

如果被憤怒蒙蔽雙眼，一心想報復的話很容易陷入困境。

嗯，你是想讓我教訓
那頭野豬啊？那你
怎麼報答我呢？

叛徒啊……

我把野豬
抓住了，
你該是時候
兌現諾言了。

獵人的信號

寓意

做事前，先想想後果再行動，會更安全！

嘗嘗我弓箭的
滋味吧！
咻嗚嗚
呃啊！
砰！

我抓你之前，就已經
給你發信號了！你自己
不逃，能怪誰？

這次來真的了！
你逃不掉的！
不要過來！
踏踏踏踏踏

獅子啊，你不是
想勇敢地跟他
搏鬥嗎？怎麼可以
逃跑呢？
別說這種話！

獵人發射的「信號」太痛了！
如果他來真的話，我肯定逃不掉的。
我對你好
失望啊！

寓意
當你遇到強者時，就不會再有時間顧慮弱者的存在了。

啊，你們好啊，我還以為洞裏沒人呢，這裏是山羊你們的家嗎？
哎喲，是公牛啊？你怎麼會跑到我們這種簡陋地方裏來呢？

你再不出去，我們就合力把你驅逐出去了！
抖抖

首領，你現在是氣得顫抖嗎？快給他一點顏色看看啊！
抖抖抖抖

呃，不管了！閉上眼直接攻擊吧！

怎麼回事啊？他居然完全不還手，看來公牛也很怕我們呢！真是太弱了！
啪
啪
啪

我不是因為怕你們才忍耐的，我只是更害怕在外面虎視眈眈的獅子呢！
你說外面有獅子？

牧童和狼

寓意
絕對不能把自己的財產交給不能信任的人。

從今天開始，我百分之百相信你。以後拜託你多多幫忙了，我會給你豐富的報酬的。
太好了！我也請你多多指教。
善良的狼

狼啊，我突然有急事，要去村裏一趟呢。我把羊羣交托給你了，你要幫我好好看管他們啊，知道嗎？
好的！

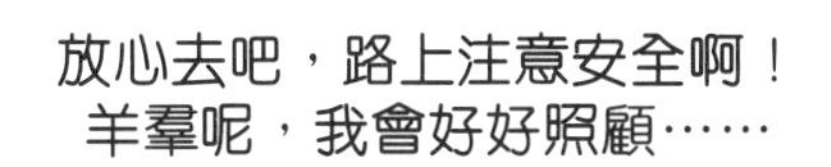
放心去吧，路上注意安全啊！羊羣呢，我會好好照顧……

笨蛋！

嗚哈哈哈！我等這一刻很久了！
快跑，我們全都被騙了！

我真笨，竟然會相信一隻狼……

墜入愛河的獅子

寓意

不能一味相信別人說的話，而丟棄了自己的優點。

受死吧！連牙齒都沒有的
獅子，還敢娶我的女兒？

爸爸，
真棒！

披着羊皮的狼

寓意
假裝別人，有時候會造成嚴重的後果。

嗯，是時候了。今天晚餐就
吃一頓很久沒吃的羊肉吧？

雖然很抱歉，但今天我要
抓一隻羊回去吃呢……

呃，他說
要吃羊？

羊啊，對不起啊。我會盡量不弄
痛你的。實在是太久沒吃了……

什麼呀？居然是一隻
披着羊皮的狼？

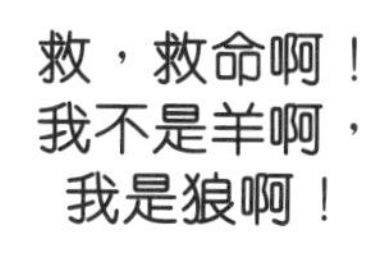

救，救命啊！
我不是羊啊，
我是狼啊！
那你就
更應該
受死了！

我就說這傢伙
走路的模樣很
奇怪，原來是
冒牌的啊！
這傢伙，上次把我弄
得這麼狼狽，現在
又想再來騙我？

團結就是力量

寓意

相互團結能更容易戰勝困難。

旅遊是為了開心的，你們居然為了這種小事而吵架？你們來試試，誰能把這些木棍折斷吧。
突然說什麼木棍啊？你是想找人幫忙嗎？
就這點木棍，隨便用點力氣就行了，呃……
狐狸你走開，讓我來試試看！
哼，你怎麼可能折得斷呢？
咦……嘿喲嘿嘿！
不行呢，別折了！
一捆木棍很難折斷吧？那試試折這個呢？
好啊！
這個就易如反掌啦！
做得好！
嗒
你們如果能像這些木棍一樣團結在一起的話，力量肯定很強大。但如果彼此分散，就會很容易被折斷。你們趕緊和好吧，不要等到將來後悔啊！
謝謝你對我們的勸導啊！

航海者

寓意

人生中會有運氣好的時候，當然也有運氣不好的時候。

啊啊，風雨停止了！
神保佑我們了！
我是在
做夢嗎？

不是夢呢，颱風
真的過去了！哈哈！

太好了，我們
真是幸運！
你們有見過這麼漂亮
的彩虹嗎？整個世界
看起來都不一樣了。

來吧，為我們得救而乾杯！
大家盡情喝吧！

但是各位，你們一定
要記住，人生路上，
颱風還可能會再來的。
知道！

爆笑漫畫伊索寓言 ②

原　　著：伊索
圖　　文：沈車燮 (Shim, Cha Suob)
翻　　譯：何莉莉
責任編輯：黃偲雅
美術設計：張思婷
出　　版：新雅文化事業有限公司
香港英皇道499號北角工業大廈18樓
電話：(852) 2138 7998
傳真：(852) 2597 4003
網址：http://www.sunya.com.hk
電郵：marketing@sunya.com.hk
發　　行：香港聯合書刊物流有限公司
香港荃灣德士古道220-248號荃灣工業中心16樓
電話：(852) 2150 2100
傳真：(852) 2407 3062
電郵：info@suplogistics.com.hk
印　　刷：中華商務彩色印刷有限公司
香港新界大埔汀麗路36號
版　　次：二〇二二年十二月初版
二〇二四年三月第三次印刷

ISBN：978-962-08-8122-0

18/F, North Point Industrial Building, 499 King's Road, Hong Kong
Published in Hong Kong SAR, China
Printed in China